따라비 물봉선

황금알 시인선 282

# 따라비 물봉선

초판발행일 | 2023년 11월 27일

지은이 | 양시연
펴낸곳 | 도서출판 황금알
펴낸이 | 金永馥
주간 | 김영탁
편집실장 | 조경숙
표지디자인 | 칼라박스
주소 | 03088 서울시 종로구 이화장2길 29-3, 104호(동숭동)
전화 | 02)2275-9171
팩스 | 02)2275-9172
이메일 | tibet21@hanmail.net
홈페이지 | http://goldegg21.com
출판등록 | 2003년 03월 26일(제300-2003-230호)

*이 책은 제주특별자치도와 제주문화예술재단의 2023년도 제주문화예술
지원사업 후원을 받아 발간되었습니다.

# 따라비 물봉선

양시연 시집

황금알

나를
살게 하는 힘은
설렘과 두려움이다

이 가을 끝물에
설익은 모습 그대로
허공에 다가갑니다

2023년 11월
양시연

# 차 례

1부 촉수어도 언어다

## 2부 그리운 실랑이

## 3부 부활절 연기하다

# 1부

촉수어도 언어다

# 손지오름 양지꽃


아장아장 손지오름
옹알옹알 솜양지꽃

눈 녹은 그 자리에
갓난쟁이 다녀갔나

손말로
못다 한 고백
빛깔로나 하나 보다

# 손말

오십 대 중반에도 저렇게 예쁠 수 있다니!
그녀가 다녀간 날은 어김없이 비가 왔다
여태껏 한마디 말도 세상에 못 내뱉어본

그랬다 농아였다. 선천성 농아였다.
여성 상담하는 내게 무얼 자꾸 말하려는데
도저히 그 말 그 몸짓 알아듣질 못했다

나는 그날부터 수어手語 공부 다녔다
기어코 그녀의 말, 그 손말을 알아냈다
그렇게 하늘의 언어 아름답게 말하다니!

# 손말 2

삼십 년 손말에도 어긋나는 내 손짓
갓 배우는 녀석들도 구시렁구시렁 댄다
이따금 저들도 잠시 '틀렸다'는 손짓한다

언젠가
목사님의 설교를 통역할 때
갑자기
'탄소중립'
신조어 듣는 순간
얼결에 헛손짓하는 허공을 바라본다

이승의 흔적이야
한 방울 눈물인걸
아직도 못다 그린 내 소리는 무엇일까
죄 없는 팽나무에라도 '미안하다' 하는 저녁

# 다랑쉬오름

때로는 오름들도 손말을 하나보다
다랑쉬, 다랑쉬오름 못다 한 말이 남아
괭이밥 노란 속살로 고백하는 저 손말

게메예 게메마씸 4·3의 그 동굴 속
댓바람 사잇길 칠십 년 된 그 아이
입으론 차마 못하고 손말로나 풀어본다

# 따라비 물봉선

따라비 가는 길은 묵언정진 길이다
그것도 가을 하늘 단청 펼친 오름 앞에
어디에 숨어있었나, 놀래키는 물봉선

그래 저 떼쟁이 예닐곱 살 떼쟁이야
선천성 농아지만 그래도 소리는 남아
어마아, 어마 어마아 그때 그 소리는 남아

그때 그 소리만 붉디붉은 꽃으로 피어
꽃을 떠받치는 저 조막만 한 하얀 손
나에게 손말을 거네. 어마아 어마어마

# 아무리 그래 봐라

빠앙빵 경적 울려 봐라, 위협 운전해 봐라
세상 온갖 잡소리 아무리 떠들어봐라
차 안은 소리가 없네, 거룩한 손말 세상

옆자리도 앞자리도 룸미러 안에서도
소소한 이야기꽃 손끝에서 피어난다
어느새 나는 이방인, 눈으로 듣는 이방인

그렇다면,
층간소음 저들은 어찌 알까
소리 때문에 죽고 소리 덕에 살아나고
아무리 그래 들 봐라, 그 세상엔 소리가 없다

# 정말, 헛손질이다

살다, 살다 별의 별꼴
볼 때도 있다더니
교회에 나가는 일도 동장 눈치 봐야 하네
빚쟁이 빚쟁이같이 눈치 보는 주일 아침

교회 올 수 없는 건
농아인도 매한가지
개구멍 슬쩍 열고 방송실로 기어들어
목사님
설교를 전하는
내 손말도 헛손질 같네

# 촉수어 고백

촉수어, 촉수어란 그 말 처음 듣는 순간
인터넷 검색 창을 두들겨도 소용없고
퇴근길 발길들마저 고기떼로 보이네

손으로 보고 듣고, 손으로 말을 하는
막냇동생 그 또래 손말 하는 농맹인 현 씨
삼십 년 농인이었는데 이제는 눈조차 멀어

그래, 이쯤은 돼야 사랑이라 할 수 있겠네
눈멀기 전 눈 맞췄던 그 이름 뱉지 못해
가슴속 사라진 사랑 가슴에 붙여 사네

누군들 이름 하나 숨겨놓지 않았을까
마침내 내 손바닥에 그려내는 첫사랑
오늘은 찬찬히 꺼내 촉수어로 고백하네

# "사랑해"


저것도 산이라고 봉 하나를 올렸네
경기도 보개면 비봉산의 너리굴
'너른 골' 하면 될 것을, 굳이 왜 '굴'이라 하나


그 굴에 내가 들어 2박 3일 농인수련회
나는 신부 너는 신랑, 물 폭탄 맞아도 좋다
첫날밤 비둘기처럼 구구구구 웃는다


자정이 넘었는데 전등을 끄지 않네
오랜만에 두런두런 무수히 오가는 손짓
그렇다. 빛이 없으면 안 보이는 저들의 말


그래 끄지 마라 밤새도록 끄지 마라
나도 어둠 속에 끝내 놓친 말이 있다
오늘은 뒤돌아서서 손말 해 본다 "🤟"

# 반지하 사람들

사이렌 소리 멎고
들락이는 소방대원들

저들 눈엔 왜 없고
집주인 눈엔 있는 걸까

아무리
사각지대란들
있는 것이
왜 없는 걸까

# 단풍에 은거하다

신라적 어느 왕자가 은거했다는 주왕산
서울 사는 친구가 사진 몇 장 보내왔네
바위로 우뚝 선 저 산, 자꾸 나를 홀린다

절리와 절리 사이 계곡물 흐르는지
주산지 호수는 뭐고 단풍은 또 뭔가
예까지 따라온 가을 여물대로 여문다

불타는 저 단풍도 식으면 한 장 낙엽
아무런 타협도 없이 그대로 버티다가
그 단풍 어디쯤엔가 나도 은거하고 싶다

# 2부

그리운 실랑이

# 그때그때 달라요

후두득 후두두둑

창 울자 벚꽃 운다

때마침

휴대폰에

슬쩍 뜨는 '버럭님'

"여보오,

이 버럭님은 누구?"

"아~, 가끔 날 버럭 안는 당신"

# 가당한 일

구약일까 신약일까 멀구슬나무 저 새소리
새벽기도 다녀와서 또 성경 펴는 내 남자
아침밥 먹자는 소리도 찬송으로 들리려나

어느새 신구약을 육십삼 회 완독했다
사십 년 동거에도 내 말뜻 잘 모르면서
하늘 뜻
알려고 하네
철없는 저 양반이

# 그리운 실랑이

"다시는 안 가겠다"
눈치 보던 어머니

테왁이며
오리발 숨기고
오리발 또 내미네

어느새
숨비소리가
텃밭에 낭자하네

# 친정의 별

내 어깨 반쯤 적시고 돌아서는 봄비처럼
춘분 언저리쯤 별 하나를 놓쳤네
서귀포 올레길에서
별 하나를 놓쳤네

한때는 이팔청춘 수평선도 떠돌았다
테왁도 울릉도도 함께 도는 육지 물질
그렇게 여름 한 철을
물숨 참듯 버렸다지

차 떼이고 포 떼이고 남는 건 숨비소리
대물릴 게 없어서 물질을 물리냐며
어머니 자맥질 소리
쏘아 올린 카노푸스

# 갯마을 풍경


살짝 보리누름 성게알도 여문다
열 서물 악근조금에도 물질하는 어머니
단축키 누르기 전에 아버지 벌써 나왔네


양푼밥상 받아 들 듯 삼삼오오 웃음소리
용수포구 그 한켠 노부부 성게를 까네
한세상 저 빈자리에 슬쩍 끼는 차귀도


손가락 마디마디 성가신 성게 가시
하루 수당 받아들면 가시야 빼든 말든
다 저녁 등 뒤로 와서 안부 묻는 저 노을

# 코딱지나물

올해도 나왔구나 광대처럼 나왔구나
예닐곱 아들 녀석 옷소매 코 후비듯
어느 날 물 건너갈 때 흔들던 보랏빛 손

어찌어찌 제 숟가락 제가 챙겼는지
서넉 달 잠잠했는데 걸려온 전화 한 통
"엄마 나 사대문 안에 집 한 채를 샀어요"

그 전화 받자마자 혼비백산 뛰쳐나와
와서 보니 방선문
교회 대신 예 왔구나
이런 날 누구 앞엔들 절하는 게 죄 되겠나

# 바람을 틀다

탱자나무와 귤나무는
원래 같은 생각였나

십여 년 전 사온 소나무
이젠 정말 분재 됐네

바람도
제 맘대로 틀고
솔새도
제 맘대로 틀고

# 꽃 이름 찾기

오로지 믿을 것은
휴대폰밖에 없는 것 같다
드라마도 시편들도 내 손 안에 있소이다.
오늘의 운수도 잠깐 무릎 꿇고 물어본다

내가 찾는 식당도 척척
베란다 꽃 이름도 척척
한 번은 남편에게 네이버 렌즈 갖다 대니
메께라 "유통기한 초과", 이게 내 사람이라니

반대로 그 렌즈를
내 가슴에 대었더니
'네 죄는 네가 알렸다' 사무치는 그 이름
반평생 숨겨둔 세월 하마터면 들킬 뻔했다

# 금기어

아직도 모르겠다, 정말로 모르겠다
개가 짖는 날이면 어김없이 들이닥쳐
기어코 제 누나에게 손을 벌린 이유를

바람을 피웠을까, 판돈을 날렸을까
텃밭 너머 파도 소리 그것밖에 없는 밤
얼떨결 뛰쳐나와서 방사탑에 빌어본다

여든넷 어머니의 한 세상 한 점 혈육
섬에 있는 건지, 육지로 떠난 건지
이 저녁 건강하시라, 혀 밑에 숨긴 이름

# 손가락에 오름 앉다

내 시누 손길이네
오월 저 돌가시낭은
맞벌이 우리 부부 일터로 흩어져도
아홉 시 출근을 하듯 집구석 정리한다

그랬다지
오누이가 멱감으러 나갔다가
하마터면 내 남편 낮달로 뜰뻔했다는
그 기억 여태 있는지 간호하듯 살피신다

칠순을 지나면서 시누 손이 뒤틀린다
돌가시낭 마디처럼 마디마디 돋는 오름
오름아
슬픈 오름아
류마티스 관절염아

# 삼지닥나무꽃

꽃놀이
한 번 못 가고
올봄이 가버렸네

그래도
가는 봄은 그냥 가진 못해서

새 가지
세 가지마다
황금꽃 걸어뒀네

# 3부

부활절 연기하다

# 오늘은 수요일

봄기운 올랐는지 간혹 듣는 카톡 소리
"오늘 저녁 얼굴 볼까?"
"수요 예배 가는데요!"
그러면 '없던 일 하자' 끊어지는 찰나에

이번에도 거절하면 삼진 아웃 되는데
에라,
모르겠다,
휙 돌아간 핸들 방향
질경이 보나 질긴 인연 뜨도 앉도 못하겠네

학생 때는 구구법
사회에선 섯다법
어느새 빨려드네 반쯤 썩은 내 도끼
'하나님, 제 맘 아시죠', 딱! 한 번만 봐주세요

# 부활절 아침

그냥 가도 좋으련
아주 가도 좋으련
섬 건너 오름 건너 담장 건너 마당까지
온 세상 메아리 돌 듯 돌고 도는 돌림병

내 남편은 어디서 어떻게 걸렸을까
세상에 반항 한번 해본 적 없었기에
순순히 받아들였나,
전단지 받아 들 듯

아침저녁 겸상하고 숟가락 바꿔 봐도
스스로 네 인간성 네가 알 거라는 듯
내게는 구원의 손길 내밀지를 않는다

# 나비

날 '비'자에
모기 '문'자
나에게 날아왔네

반평생 헤맨 사랑
이제 제 짝 찾은 걸까

허하마
이제 허하마
내 첫사랑
나의 비문飛蚊아

# 고춧가루

나이 육십에도 그리운 건 그리운 게다
낮에는 요양보호사
밤에는 늦깎이 여중생
두 시간 수업을 위해 두 시간 길 오고 간다

"선생님, 학교 가는 길인데 지금 어디세요?"
"고추 모종 심을 때부터 선생님 생각했어요"
매큼한 여름 한 철을 비닐 속에 담아왔다

받아 든 이 선물을 누구와 나눌까나
사무실 창가까지
비꽃처럼 다가와서
건네던 검게 탄 손이 성스럽고 부끄럽다

# 정월 개나리

건너 건너 입 건너 옛 짝꿍 소식 듣는다.
넘기는 달력 따라 떠나는 시간을 본다.
그 시간 어느 귀퉁이 병상 소식 듣는다.

모처럼 놀래키려 그 병원 찾았는데
몇 번을 되물어도 그 친구 이름이 없다
다시금 전화를 걸어, "야, 벌써 퇴원했냐?"

'한일병원', '한국병원', 한 끗발 한 글자 차이
"너 거기 가만있어, 병문안은 내가 갈 게"
그 말에 개나리마저 철모르고 터진다

# 오늘은 꼭 사야

믿고 따랐지만 허무할 때가 있다
주일 아침 교회마저 문 닫는다는 소식에
약국 앞 긴 행렬 끝에 나도 함께 파도친다

이별의 손수건은 한 번 흔들면 그만인데
어디서 건너왔나, 이 지독한 사랑아
온 섬을 흔들어놓고 시침 떼는 사랑아

기필코 오늘 나는 마스크를 사야 한다
느닷없는 감염병 막자는 게 아니라
휘파람 나의 고백을 숨기려는 것이다

# 뇌촬영

삐삐삐 쿠왕쿠왕 뚜루뚜 찌르르르
여기는 공사판이다 쉴 새 없이 깨부순다
그 소리
흰 침대 따라
첫 아이도 울었다

귀마개에 헤드폰 빼어 내면 세상은 적막
병명이 무엇인지 더 이상 알지 말자
어쩌다
그리운 이름
찍히면 안 되기에

# 첫날 2

"바르게 서 보세요"

이리저리 살피더니

"근육은 바닥이고

체지방은 바다네요"

이 한 몸

건사 못한 죄

용서 빌 듯 내민 카드

# 신경성 안될병


'알러지' '알러지' 하면 '얼레리 얼레꼴레리~'
봄 오면 느닷없이 찾아오는 재채기
재채기 재채기하면
그 그리움 재채기하면

삼나무 꽃가루가 이 섬에 자욱하면
염불도 처방전도 소용없다
이놈아
너 죽고 나 살자 하며 밀당하는 춘삼월

결국 꽃가루는 범인이 아니었다
현대식 아파트에 진드기가 범인이라고
신경성 안될병이네 진드기 같은 사랑아

# 어떤 집필

정말,
그 사람은 타고난 소설가다
민오름 한 자락을 끌어안은 다세대주택
한겨울 멀구슬나무에 직박구리 울음 울 듯

얼토당토않은 얘기
얼토당토 엮어 내네
화장실 환풍기 소리도 자기 욕하는 거라며
한밤중 초인종 눌러 삿대질하는 청춘

그거참 희한하네
병명도 '병식 결여'
그렇게 억울한 일 그렇게도 많은 건지
요즘엔 보이지 않네, 또 집필 중이신지

# 비문과 동거하다

쓰윽 쓱
쓸어봐도 안경알 닦아 봐도
눈썹도 아닌 것이
걸리적대는 깃털 하나
자동차 와이퍼처럼 빈손 자꾸 휘젓는다

이제 막 퇴직하고 설레는 후반인데
내가 모르는 내 잘못
내게 있었나 보다
변변한 비석도 없이 비문증에 걸리다니

어느 인생인들 가슴에 나비 하나 없으랴
"내 안에 거하라"라는 그 뜻 이제 알 것 같다
기왕에 내 안에 온 거 쥐 죽은 듯 거하시라

# 아득한 사람

4월이면 죽고 살고
그게 뭐 대수인가
열매도 이파리도 다 바쳤던 감귤나무
어느새 성당 공터에 감귤꽃 다시 오는 걸

서기 삼십삼 년
그 옛날 그때에도
어느 동굴 속에서 누가 다시 살아났으니
피 묻은 세마포마저 봄빛으로 나부꼈으니

때는 바야흐로
바이러스 세상이라
살다 살다 보니 부활절도 연기했다니
내 안에
아득한 사람
언제쯤 부활할까

# 4부

적당한 핑계

# 이어도 피에타

간만에 식구들이 둘러앉은 저녁상
여름휴가 온 아이들, 풋고추도 서너 개
어머니 앉던 그 자리 어느새 내가 앉아

그때 마침 TV 뉴스, 고래고래 남방돌고래
죽은 새끼 가슴에나 바다에나 묻어야지
허기는 아랑곳없이 몇 달째 안듯 업듯

어머니의 테왁도 저렇게 둥실댔겠지
한평생 둥실둥실 이어도 이어도사나
저녁상 물린 자리에 혼자 앉은 숨비소리

# 적당한 핑계

용수리는 내 고향
떠나는 땅이었다
저마다 수평선을 안 넘으면 안 되는 듯
가서는 그저 그렇게 돌아오질 않았다

얼굴이며
이름마저 가뭇가뭇 잊힐 무렵
적당한 핑계를 대며 친구들이 돌아온다
반세기 거슬러 와서 동창회가 열리다니!

그래,
용수리는 돌아오는 땅이다
그 옛날 〈라파엘호〉도 괜히 여기 흘러왔을까
반도에 첫 미사 드린, 돌아와야 하는 땅이다

# 그 사람

커피 한 잔 가능?
카톡 카톡 싸락눈 소리

터치를 실수한 건가?
카톡 카톡 싸락눈 소리

은밀한 그 목소리로
카톡 카톡 싸락눈 소리

# 기울기

누가 비튼 걸까
아니면 비틀린 걸까
모처럼 고향에 와 눈향나무 바라본다
어릴 적 내 치맛자락도 슬쩍 걷던 저 가지

반쯤은 앉은 채로 반쯤은 누운 채로
벌써 서너 달째
어머니도 기울어간다
베개 밑 지폐마저도 아무 소용없어간다

이순을 갓 넘으니 무슨 내력 있는 건지
자꾸 고향으로
내 몸도 기울어간다
언제나 23.5° 그대에게 기울 듯이

# 트렉터

몇 년째 벼르고 별러 트랙터를 사던 날
용수리는 잔칫집 박수갈채 쏟아졌다
괜스레 동네 한 바퀴 휘휘 돌던 아버지

그때 내 어깨도 덩달아 으쓱해졌지
황소 대신 탈탈탈탈 묵정밭도 갈아엎고
가끔은 홀어멍 집에 밭갈이도 다녀온다

이랑 따라 늙는 것은 세월만이 아니다
골다공증 어머니 숭숭숭 언덕바지
방사탑 까마귀 하나 반추하는 저녁노을

# 친정 저녁상

팽팽하던 바다에 썰물 기운 감돌면
구순 어머니는 무엇에 홀렸는지
뒤꼍에 감춰둔 테왁 둘러메고 또 나간다

해녀증 반납하면 삼십만 원 준다는데
그마저 못 들은 척 한들한들 나간다
모처럼 찾아온 친정, 숨비소리 듣는다

이제는 안 보이네 상군 해녀 소라젓
할망 바당 엔 소라마저 씨가 싹 말랐는지
심심한 친정의 저녁 그 맛 다시 보고 싶다

# 묵주알 봄

우연인지 필연인지 인연의 땅이 있다
풍랑 속 라파엘호 흘러든 것도 그렇고
절부암 절부 고씨의 사랑 또한 그렇다

할머니와 할아버지, 어머니와 아버지
한 세기 굽이돌아 터를 잡은 봄날이
기어이 내 첫울음도 받아냈던 것이다

어느 날 내 인연을 가로지른 아스팔트
바다와 포구 사이 그리움도 끊겼으리
팽나무 목매단 봄이 묵주 알을 굴린다

# 민달팽이

비 살짝 오시는 날,
그 '살짝'에 살짝 나와
날 잡아봐라 날 잡아봐라 이리 미쭉 저리 미쭉
한 평반 텃밭에 앉아 숨바꼭질하고 있다

빚내서 지은 집은
시누이보다 맵다며
내 땅 내 집 없어도 상팔자 아니어도
어머니 희고 긴 길이 눈물처럼 반짝인다

# 도댓불

내일 비가 오려는지 노을이 참 곱다
이런 날 포구는 참았던 말 문 트이고
견디지 못한 그리움 심장마저 붉어진다

처음 나가는 배가 켜고 끝에 오는 배가 끈다는
자구내포구 저 도댓불,
왜 꺼져 있는 걸까
어쩌면 오래전부터 고기잡이 안 나갔나 봐

파도도 기웃대다 스을쩍 그냥 가고
기다리다,
기다리다 못한 갯메꽃
노을빛 따라 올라가 제 몸 살라 불 켠다

돌아오지 못한 영혼 있기는 있는 걸까
도댓꽃 보려나
위리안치 내 사랑
이 가을 끝물쯤에는 저 불 마저 끄고 싶다

# 돌매화

한라산 돌매화는 어디서 날아왔나
세상에서 가장 작은 통꽃을 피워놓고
오뉴월 백록담에나 제 얼굴을 드러낸다

빙빙 돌던 미리내도 걸린다는 한라산
그 사연 하나하나 엮어내는 은초록 암매
이 땅에 잠시 왔다고 온몸으로 고백한다

# 다시, 하늘을 보라

지상에 내려와도 위를 한번 안 보네
구름 건너 저편에도
서운한 일 있나 보다
올해도 하늘 안 보네, 저 천사의나팔꽃

제주시 어느 변두리 혼자이신 이모님
몇 번이나 물벽을 깨며
숨비소리 올렸을까
미움도 꽃 나팔 울리면 첫눈으로 내릴까

어느 집안인들 호사담화 없을까만
영끌에도 해답 없는 찌들고 찌든 저녁
밥상에
숟가락 탁 놓고 자,
기도 대신 하늘 보자

# 햇살 고운 날

아침 햇살 몇 줄기
유리창에 각을 튼다

어제는
싸락눈 몇 방울

예각을 틀고 갔다

그 자리
빨래도 움찔
비둘기 발목도 움찔

# 5부

만과 깍, 그 사이

# 서귀포

가을이면 가겠네 풀내도 시들 즈음
섬 따라 오름 따라 서귀포로 가겠네
칠십리 갈매기마냥 꺼룩 울고 가겠네

어머니 젖무덤처럼 흔적이 된 대륙의 꿈
백록담 돌매화도 팔랑팔랑 산굴뚝나비도
빙하기 그 고향으로 돌아갈 꿈을 꾸네

홍해를 갈랐다지
그 사내 그 지팡이로
한라산도 그렇게 그 누가 갈랐을까
한 생애 못 간 길 같은 푹 패어진 산벌른내

백록담이 '맏'이라면, 쇠소깍은 '깍'이겠네
맏과 깍* 그 사이에 칠십리 길이 있네
가겠네, 돈내코 건너 효돈천 쇠소깍으로

* '끝 또는 꼴찌'의 제주어

64

# 송강 은배

배고픈 건 참아도
술을 어찌 참을까

세상에
하나뿐인
뱅댕이 같은 은잔

기어이
은배 만들어
달덩이를 실었을까

# 기와불사

사람들이 모여있다
기도들이 모여있다

빼곡하게 절절하게
물려 올린 만원의 힘

새들도
합격 기원하듯
목청 몇 번,
놓고 간다

# 첫날

어둠 속엔 아무도 아무것도 없었다
그래도 새벽 네 시, 알람은 깨어나서
예배당 가는 길까지 비몽사몽 따라온다

평생 당신 한 분 그렇게 섬겼는데
사십 년 일자리를 내려놓고 왔는데
단 하루 오늘만큼은 내가 섬김 받고 싶다

나에겐 첫사랑도 슬픔이 아니었다
태어나서 첫 이별, 헛도는 어깻죽지
몇 송이 눈발이라도 날려주시면 안 될까요

# 어떤 금기어

오일시장 할망장터
주일예배 보는 것 같다
연신 머리 조아리는 할망들 몸의 기도
저 기도 안 받아주면 하늘이라 할 수 있나

어느 오름 자락이 품었던 냉이일까
"할머니, 할머니, 한 소쿠리 얼마 마씸?"
한 봉지 사들었는데
"늙은 건 지나 나나"

그렇지,
할망장터에선 '할머니'도 금기어다
세상은 늙어가도 호칭은 안 늙는다지
냉이꽃 피는 소리로
"언니, 이거 얼마?"

# 평생학교 축제

매일 아침, 광고며 스팸 메일 삭제한다
그렇게 돌아온 '갑'자, 육십을 삭제하면
여든 살 저 영자 씨도 스무 살쯤 되겠다

오늘은 야간학교, 야시장 같은 축젯날
슬며시 기운 내 마음 손자에게 들킬까 봐
곁눈질 곁눈질로만 그 낭자 쳐다본다

마침내 이인삼각 한 몸에 묶였을 때
호각 소린 안 들리고 심장 뛰는 소리만
한 생애 못해본 연애 노을에나 고백해 본다

# 늦은 사랑

저녁이면 생각난다 야간학교 박씨할머니
남편을 눕혀놓고 보무당당 나와서
졸업장, 졸업장 따야 영감 치매 고친단다

엘리 엘리 라마 사박다니 · · · 사박다니
맞습니다. 주여, 어찌 나를 버렸나요
가을날 따라비 오름 저 혼자 왔습니다

물매화, 쑥부쟁이, 꽃향유, 자주쓴풀
어느 꽃 하나라도 그대에게 바치면
무쇠솥 그 첫사랑이 또 한 번 깨어날까

# 오십의 뒤축

어느 설교엔들
죄 냄새가 없으랴

사무실 가는 대신
용눈이오름 올라본다

기우뚱
실직의 바람
청구서 몇 장 내민다

# 청옥산 별바라기

백두대간 어딘가에 별 보기 좋다는 산
그 산에서 별 보면 하늘이 열린다는데
강원도 계곡물 같은 절벽길 타고 간다

시속 이십 킬로미터
금당계곡 청옥산 정상
오늘은 저 별들과 맞짱 뜨고 싶다
이마에 박혀도 좋다. 별 무리 흐른다면

별 그리워 왔지
너 그리워 온 줄 아냐
아무리 꿈틀대 봐라, 별뉘 같은 사랑아
이런 밤, 용서하지 못할 죄 어디 있으리

# 도댓불 2

추적추적 빗소리 약속한 듯 찾아간다
북촌포구 끝자락 북촌마을 도댓불
한 세기 훌쩍 지나도 기다림은 끝이 없다

누가 깜빡 잊었을까, 불 안 켜고 출항했네
바다에겐 백 년도
잠시 잠깐이라는 듯
그리움 어디 있길래 저리 곧추섰을까

주먹만 한 살 점 내주고 입 다문 표지석
4·3 포화 소리에 귀 닫은 다려도
지긋이 실눈 뜨고서 그날 애기 들려준다

파도에 부서지고 물벽에 멍들어도
나에게도 '도대' 같은 그런 사랑 있었으면
백 년을 기다려 주는 그런 사랑 하고 싶다

# 치자꽃 능선

저렇게 늠실늠실 흘러가도 되나 몰라
이름에 풀 '초'자는 왜 굳이 붙였는지
인동초, 어디를 봐서 나무로 분류했을까

바닷가 조가비 같은 용수리 초등학교
무시로 묻고 싶고 부르고 싶은 이름
당산봉 오름 한 자락 베고 눕던 그 날들

얼핏 내린 비에 내려놓은 치자꽃처럼
사십 년 내 일자리 순순히 내려놓고
이제 또 이순의 능선 어리로 끌고 갈까

# 우리들의 동창회장님

구십이 눈앞인 병자년생 동네 삼촌
국민학교동창들 열에 아홉 별이 되고
이제는 땅따먹기도 해넘이도 다 남의 일

젊었을 땐 사느라고 얼굴 한번 안 뵈더니
4 · 3이며 보릿고개 겨우겨우 넘어와서
딱 맞는 완장이라며 십일 년째 동창회장

꽃인 듯 꽃 아닌 듯
배운 거나 못 배운 거나
설렁설렁 넘실넘실 잎 고운 오색마삭줄
어디서
'병생아' 하면
합창하듯 돌아본다지

# 익명의 시대

내 딴에는 또각또각

선을 따라 걸었는데

별안간 게시판에

익명의

그 고발장

까닭도

물을 수 없네

환장할 인터넷 세상

# 손말의 서정과 감각의 촉수

강 영 은(시인)

오늘날, 언어만을 인간의 의사소통 도구로 특정한 데에는 언어의 보편적 특성이 작용한다. 임의성, 분절성, 창조성, 역사성, 전위성, 문화적 전달 등이 그것인데, 언어가 가지는 이러한 특성은 시인들에게 있어 시 쓰기의 중요한 기점이 되며 우리가 사는 사회에서도 중요한 소통체계가 된다.

인간이면, 누구나 사용할 수 있는 이 신호체계를 사용할 수 없는 이들이 있다. 이때, 언어는 더 이상 유용한 것이 아니게 된다. 그때 우리는 신체의 동작, 외양, 접촉행위, 유사언어, 등을 수단으로 뜻을 전달하고 표현하게 된다. 즉 신체 언어를 사용하게 되는데, 하나의 예로 손말手話을 들 수 있다.

이번에 첫 시집을 내는 양시연의 시는 이러한 손
말의 양상을 다양하게 보여준다는 점에 특정 지을
수 있다. "시의 언어는 필연적인 것같이 보이는 것
이어야 한다"라는 'W.B.예이츠'의 말처럼 양시연의
언어는 대상과의 관계 속에서 필연적으로 나타나는
상황을 되비추거나 토설함으로써, 심리적으로 무
관한 대상이 아니라 자기의 삶에 의미를 던지는 실
존적 상황을 그려낸다. 손말을 통해 사고와 존재를
통합하려는 시인의 언어는 또 다른 소재인 일상(제
주의 자연과 풍물, 종교와 가족)에 대한 시편에서도
동일한 양상을 보인다.

1.

요한복음 1장 1절에 보면, "태초에 말씀이 계셨
다"라는 구절이 있다. 이 말씀(언어)은 신의 존재를
표명하는 기호이지 인간을 향한 계시로, 땅 위에
생육하고 번성하라는 축복의 언어로 임재한다. "기
쁨이든 슬픔이든 시는 항상 그 자체 속에 이상을
좇는 신과 같은 성격을 갖고 있다"라고 말한, 'C.P.
보들레르'의 말처럼 이러한 신성성은 문학에 있어
서 구원성을 지닌다.

오십 대 중반에도 저렇게 예쁠 수 있다니!
그녀가 다녀간 날은 어김없이 비가 왔다
여태껏 한마디 말도 세상에 못 내뱉어본


그랬다 농아였다. 선천성 농아였다.
여성 상담하는 내게 무얼 자꾸 말하려는데
도저히 그 말 그 몸짓 알아듣질 못했다


나는 그날부터 수어手語 공부 다녔다
기어코 그녀의 말, 그 손말을 알아냈다
그렇게 하늘의 언어 아름답게 말하다니!

－「손말」 전문


   시인은 공직자로 근무할 당시, 여성 업무를 담당
하다가 청각장애인을 만나게 되었고 수어 통역사
자격증을 획득하여, 필요할 때마다 통역 자원봉사
를 했다고 한다. 그들과 소통하기 위해 손말을 갈
고 닦은 시인이 마침내 시인의 길에 들어선 것은
하늘이 내려준 숙명이 아닐 수 없다. 해결되지 못
한 상처를 꺼내 치유로 승화시키는 손말은 시인에
의해 "하늘의 언어"로 규명된다. 손말이 태동한 근

본이 하늘에 있음을 소명疏明한다. 이때, 손말은 시인에 의해, 하늘이 내려준 신성한 말로서의 자격을 획득한다. 이 시 하나가 시집의 특징을 보여주는 노래라고 해도 과언이 아니겠다.

촉수어, 촉수어란 그 말 처음 듣는 순간
인터넷 검색 창을 두들겨도 소용없고
퇴근길 발길들마저 고기떼로 보이네

손으로 보고 듣고, 손으로 말을 하는
막냇동생 그 또래 손말 하는 농맹인 현 씨
삼십 년 농인이었는데 이제는 눈조차 멀어

그래, 이쯤은 돼야 사랑이라 할 수 있겠네
눈멀기 전 눈 맞췄던 그 이름 뱉지 못해
가슴속 사라진 사랑 가슴에 붙여 사네

누군들 이름 하나 숨겨놓지 않았을까
마침내 내 손바닥에 그려내는 첫사랑
오늘은 찬찬히 꺼내 촉수어로 고백하네
　　　　　　　　　　　　　　－「촉수어 고백」 전문

'촉수어'는 상대방이 구사하는 수어를 전혀 보지 못하는 '전맹'인 시청각장애인이 상대방의 수어에 손을 접촉하여 촉각을 통해 대화를 나누는 의사소통 방법이다. 시인은 이를 "손으로 보고 듣고, 손으로 말을 하는" 것이라 표현한다. 촉수어는 상대의 손을 얹고 소통을 하기 때문에 얹힌 손의 무게만큼 많은 에너지를 필요로 한다고 한다. 그 느낌을 물고기들이 물결을 헤엄칠 때 느끼는 물결의 촉감으로 인식한 시인은 "퇴근길 발길들마저 고기떼로 보"는 심미적 인식을 드러낸다. 시인의 혜안이 예사롭지 않음을 보여주는 것이다. "삼십 년 농인이었는데 이제는 눈조차" 먼 그 사람이 첫사랑이었다니! "그래, 이쯤은 돼야 사랑이라 할 수 있겠네"라고 고백하는 시인의 말은 첫사랑의 본질을 꿰뚫는 감성을 보여준다.

존재의 본질을 탐색하는 시인의 감각은 다양한 모습으로 그 비의比擬를 드러낸다. 손말의 서정이 만들어낸 감각의 현장을 보자.

아장아장 손지오름
옹알옹알 솜양지꽃

눈 녹은 그 자리에
갓난쟁이 다녀갔나

손말로
못다 한 고백
빛깔로나 하나 보다

–「손지오름 양지꽃」 전문

이 시는 '갓난쟁이'의 이미지를 통해 손말을 처음
쓰는 자의 어눌함, 어색함 등을 고백한 시이다. 짧
고 간결한 시이지만, 손의 지체, 즉 손가락을 연상
케 하는 '손지오름'과 여리게 피어나는 들꽃인 '솜양
지꽃'을 통해 시각적 감각과 더불어 언어적 유희가
리듬을 일으킨다.

그래 저 떼쟁이 예닐곱 살 떼쟁이야
선천성 농아지만 그래도 소리는 남아
어마아, 어마 어마아 그때 그 소리는 남아

그때 그 소리만 붉디붉은 꽃으로 피어
꽃을 떠받치는 저 조막만 한 하얀 손

나에게 손말을 거네. 어마아 어마어마

–「따라비 물봉선」 부분

'엄마'라는 말은 아가가 세상에 태어나 처음 말문을 열었을 때 부르는 소리다. 선천성 농아들의 구음을 시인은 "어마아 어마어마"라고 듣는다, 그 소리는 손말의 원형이 모태에서 비롯된 발음이라는 걸 알게 해준다. 손말이 '하늘의 언어' 임을 뒷받침하는 또 다른 표현이라 하겠다.

빠앙빵 경적 울려 봐라, 위협 운전해 봐라
세상 온갖 잡소리 아무리 떠들어봐라
차 안은 소리가 없네, 거룩한 손말 세상

…(중략)…

그렇다면,
층간소음 저들은 어찌 알까
소리 때문에 죽고 소리 덕에 살아나고
아무리 그래 들 봐라, 그 세상엔 소리가 없다

–「아무리 그래 봐라」 부분

손말의 세상에서, 입에서 파생되는 건 소리가 아니다. 따라서, 소리를 듣는 귀의 역할도 필요 없다. 입과 귀가 필요 없는 고요한 세상이기 때문이다. 그러나 빛이 없으면 손말을 읽을 수 없다. 손말이 '하늘이 언어'라는 건, 소리는 없고 빛만 있는 세상에 있기 때문이다. 그 이미지는 구원자가 세상에 나타날 때 보이는 현상과 비슷하다. 불필요한 잡음이 들리지 않는 세상, 사랑한다는 묵언 외에 말이 필요 없는 거룩한 세상을 시인은 보여준다.

> 자정이 넘었는데 전등을 끄지 않네
> 오랜만에 두런두런 무수히 오가는 손짓
> 그렇다. 빛이 없으면 안 보이는 저들의 말
>
> 그래 끄지 마라 밤새도록 끄지 마라
> 나도 어둠 속에 끝내 놓친 말이 있다
>
> – 「"사랑해"」 부분

인간은 자신의 언어에 갇혀 홀로 남는다. 그리고 현실은 언어 없이 남겨지게 되는데, 왜냐하면 뱉어내는 말들은 이제 아무것도 의미하지 않는 순수한 소리이기 때문이다. 손말의 세상처럼,

## 2.

시 창작에 있어 반드시 요구되는 또한, 없어서도 안 되는 요소가 이미지다. 이미지에 관해서 '옥타비아 파스'는 다음과 같이 말한다. "이미지는, 우리를 둘러싸고 있는 것과 우리 자신에 대한 무시무시한 경험을 표현하려고 할 때마다, 우리에게 밀어닥치는 침묵에 맞서기 위한 절망스러운 수단이다" 이 말은 이미지를 창출한다는 것이 얼마나 힘든지 시사해준다. 그 절망스러운 수단을 극복하는 것은 무엇일까,

양시연은 즉물적即物的인 직관을 통해 그 이미지를 실현한다. 추상적이거나 개념적인 삶의 발화가 아니라 즉물적인 사물, 혹은 현상에 개입하여 근원적 동시성에 충실한 자신만의 관점을 보여준다. 시각, 혹은 청각적 이미지가 도드라지는 것은 입과 귀의 열림에 집중해야 하는 수화 통역사인 삶과 밀접한 관련성을 보인다.

몇 년째 벼르고 별러 트랙터를 사던 날
용수리는 잔칫집 박수갈채 쏟아졌다

괜스레 동네 한 바퀴 휘휘 돌던 아버지

…(중략)…

이랑 따라 늙는 것은 세월만이 아니다
골다공증 어머니 숭숭숭 언덕바지
방사탑 까마귀 하나 반추하는 저녁노을
                                        − 「트렉터」 부분


양푼밥상 받아 들 듯 삼삼오오 웃음소리
용수포구 그 한켠 노부부 성게를 까네
한세상 저 빈자리에 슬쩍 끼는 차귀도

손가락 마디마디 성가신 성게 가시
하루 수당 받아들면 가시야 빼든 말든
다 저녁 등 뒤로 와서 안부 묻는 저 노을
                                        − 「갯마을 풍경」 부분


　시인의 고향인 용수리는 노을이 아름다운 마을이
다. 노을이 아름답다는 해거름 마을 중 하나이다.
어릴 적부터 수없이 보아왔던 노을처럼 위에 열거
한 두 편의 시에서도 두드러진 이미지는 노을이다.
늙으신 아버지가 몰고 다니시던 빨간 트랙터, 포구

에 앉아 성게 까는 두 부부의 모습도. 아름다운 노을일 수밖에 없다. 손말을 눈으로 읽는 것처럼 시인이 보여주는 노을 이미지는 세상에서 가장 아름답고 서글픈 시각적 이미지다.

칠순을 지나면서 시누 손이 뒤틀린다
돌가시낭 마디처럼 마디마디 돋는 오름
오름아
슬픈 오름아
류마티스 관절염아

－「손가락에 오름 앉다」 부분

오름은 제주 전역에 분포하는 단성화산을 일컫는다. 오름'이라는 낱말 그 자체는' 산봉우리를 뜻하는 말로 제주에만 남아 있는 순우리말이다. 무려 360개에 이르는 크고 작은 오름에 얽힌 이야기도 많지만, 설문대 할망이 흙을 나르다 생겼다는 제주도 탄생 설화 외에 중국의 승려 고종달이 제주도의 상서로운 지기를 끊기 위해 혈 자리 여기저기에 쇠말뚝을 박아넣었다고 하다. 그때 솟구친 피가 굳어져 오름이 되었다는 설화가 그중 유명하다. 시인은 관절염 때문에 솟은 손가락 마디를 돌가시나무에

찔린 오름으로 형상화한다. 개인사적인 내용이지만, 오름을 스쳐 간 역사의 흔적이 언뜻 보이는 듯하다.

> 팽팽하던 바다에 썰물 기운 감돌면
> 구순 어머니는 무엇에 홀렸는지
> 뒤꼍에 감춰둔 테왁 둘러메고 또 나간다
>
> 해녀증 반납하면 삼십만 원 준다는데
> 그마저 못 들은 척 한들한들 나간다
> 모처럼 찾아온 친정, 숨비소리 듣는다
> — 「친정 저녁상」 부분
>
> 어머니의 테왁도 저렇게 둥실댔겠지
> 한평생 둥실둥실 이어도 이어도사나
> 저녁상 물린 자리에 혼자 앉은 숨비소리
> — 「이어도 피에타」 부분

'숨비'는 제주말로 잠수를 뜻한다. '숨비소리'는 공기통 없이 바다에 들어가 깊은 바닷속에서 해산물을 캐는 해녀들이 숨이 턱까지 차오르면 물 밖으로 나오면서 내뿜는 휘파람 소리이다. 날숨 이상의 의미를 가진 숨비소리는 삶의 단말마 같은 단순한 소리가 아니다. 절대절명의 순간을 이겨내는 생명의 끈인 것이다. 시를 읽다 보면, 호오이~ 호오이! 숨을 내쉬는 어머니의 숨결이 귀에 들리는 듯하다.

> 비 살짝 오시는 날,
> 그 '살짝'에 살짝 나와
> 날 잡아봐라 날 잡아봐라 이리 미쭉 저리 미쭉
> 한 평반 텃밭에 앉아 숨바꼭질하고 있다
>
> 빚내서 지은 집은
> 시누이보다 맵다며
> 내 땅 내 집 없어도 상팔자 아니어도
> 어머니 희고 긴 길이 눈물처럼 반짝인다
>
> —「민달팽이」 전문

민달팽이처럼 살아온 어머니의 "희고 긴 길"을 따라 시심을 길어 올리는 데 작용한 시적 순간이 시인에게는 아픔으로 작용할지 기쁨이 될지, 그 배경에 청각을 벼린 언어가 시인이 낳고 자란 제주의 물결 소리가 작용하고 있음에 틀림이 없는 것 같다. 다음의 시(「그 사람」 전문)는 명품화된 청각으로 시인이 보내주는 싸락눈 소리를 들려준다.

커피 한 잔 가능?
카톡 카톡 싸락눈 소리

터치를 실수한 건가?
카톡 카톡 싸락눈 소리

은밀한 그 목소리로
카톡 카톡 싸락눈 소리

### 3.

"시가 단순히 삶의 시간을 따라가기만 한다면 시는 삶만 못한 것이다. 시는 오로지 삶을 정지시키고 기쁨과 아픔의 변증법을 즉석에서 삶으로써만 삶 이상의 것이 될 수 있다."라고 한 'G.바슐라르'의 말처럼 시인은 가장 산만하고 가장 이완된 존재를 통일하여 그 본질에 시선을 투척함으로써, 삶 이상의 시간을 살아가는 존재들에 포커스를 맞춘다.

한라산 돌매화는 어디서 날아왔나
세상에서 가장 작은 통꽃을 피워놓고
오뉴월 백록담에나 제 얼굴을 드러낸다

빙빙 돌던 미리내도 걸린다는 한라산
그 사연 하나하나 엮어내는 은초록 암매
이 땅에 잠시 왔다고 온몸으로 고백한다

─「돌매화」 전문

   멸종위기 야생식물 1급으로 지정된 '돌매화'는 한
라산 정상에서 살아가는 식물이다. "이 땅에 잠시
왔다고 온몸으로 고백" 하는 돌매화 속에서 존재의
본질을 천착하는 사유를 본다.

바닷가 조가비 같은 용수리 초등학교
무시로 묻고 싶고 부르고 싶은 이름
당산봉 오름 한 자락 베고 눕던 그 날들

얼핏 내린 비에 내려놓은 치자꽃처럼
사십 년 내 일자리 순순히 내려놓고
이제 또 이순의 능선 어리로 끌고 갈까

─「치자꽃 능선」 부분

물매화, 쑥부쟁이, 꽃향유, 자주쓴풀
어느 꽃 하나라도 그대에게 바치면
무쇠솥 그 첫사랑이 또 한 번 깨어날까

–「늦은 사랑」 부분


4월이면 죽고 살고
그게 뭐 대수인가
열매도 이파리도 다 바쳤던 감귤나무
어느새 성당 공터에 감귤꽃 다시 오는 걸

–「아득한 사람」 부분


삼나무 꽃가루가 이 섬에 자욱하면
염불도 처방전도 소용없다
이놈아
너 죽고 나 살자 하며 밀당하는 춘삼월

–「신경성 안될병」 부분


꽃놀이
한 번 못 가고
올봄이 가버렸네

그래도
가는 봄은 그냥 가진 못해서

새 가지

세 가지마다

황금꽃 걸어뒀네

–「삼지닥나무꽃」 전문

　제주의 들과 산에서 피는 미미한 존재들에게 삶 이상의 삶을 부여하는 양시연의 시는 이제 의혹을 거부한다. 소개말과 원칙과 방법론과 증거 따위를 거부하면서, 고향 바닷가에 세워진 도댓불처럼 삶의 이면을 비추려 한다.

4.

　도댓불은 제주지역의 민간 등대이다. 전기가 없던 시절, 야간에 배들이 무사히 귀항할 수 있도록 어촌 주민들이 자발적으로 만든 것이다. 1970년대에 전기가 보급되면서 현대식 등대로 대체되어 사용하지 않게 되었으며, 이후 항만시설을 확충하고 해안도로를 건설하는 과정에서 많이 사라지고 훼손되었다. 개중에 원형 그대로가 아니며 철거되었다가 복원된 것도 있으며, 그 터만 남아 있는 것도 있다.

내일 비가 오려는지 노을이 참 곱다
이런 날 포구는 참았던 말 문 트이고
견디지 못한 그리움 심장마저 붉어진다

처음 나가는 배가 켜고 끝에 오는 배가 끈다는
자구내포구 저 도댓불,
왜 꺼져 있는 걸까
어쩌면 오래전부터 고기잡이 안 나갔나 봐

파도도 기웃대다 스을쩍 그냥 가고
기다리다,
기다리다 못한 갯메꽃
노을빛 따라 올라가 제 몸 살라 불 켠다

돌아오지 못한 영혼 있기는 있는 걸까
도댓꽃 보려나
위리안치 내 사랑
이 가을 끝물쯤에는 저 불 마저 끄고 싶다

-「도댓불」 전문

　위의 시는 제주에서도 수평선으로 지는 노을과
일몰이 아름다운 곳, 자구내포구에 있는 도댓불을
그려낸 시이다. 시인은 더 이성 켜지지 않는 도댓

불을 통해 시간의 뒤안길로 사라진 제주의 역사와 역사가 품은 풍정을 그리워한다. "견디지 못한 그리움 심장마저 붉어진" 그 끝에는 고향 제주를 사랑하는 마음이 담뿍 들어 있다. 위리안치된 그 사랑을 말로 설명하지 않고 "자구내포구 저 도댓불," 처럼 노을과 파도와 갯메꽃과 관계하는 자아를 통해 자신의 존재를 천명하는 즉물적 이미지를 완성시킨 것이다.

추적추적 빗소리 약속한 듯 찾아간다
북촌포구 끝자락 북촌마을 도댓불
한 세기 훌쩍 지나도 기다림은 끝이 없다

누가 깜빡 잊었을까, 불 안 켜고 출항했네
바다에겐 백 년도
잠시 잠깐이라는 듯
그리움 어디 있길래 저리 곧추섰을까

주먹만 한 살 점 내주고 입 다문 표지석
4·3 포화 소리에 귀 닫은 다려도
지긋이 실눈 뜨고서 그날 얘기 들려준다

파도에 부서지고 물벽에 멍들어도
나에게도 '도대' 같은 그런 사랑 있었으면
백 년을 기다려 주는 그런 사랑 하고 싶다

　　　　　　　　　　　　　　　　－「도댓불 2」 전문


　서정시에서 자아와 세계는 상호 융합하고 침투한
다. 구성요소 간의 밀접도가 선명해지고 독자와의
소통도 원활해진다. 양시연의 이번 시집은 이러한
정조情操 속에서 쓰여진 '손말'에 대한 보고서이자
감각感覺의 촉수로 일상과 소통해온 시인의 첫 고백
이라 하겠다. 시인의 첫 고백이 독자의 영혼 속에
어떤 계속성으로 남게 될지 모르지만 오래도록 남
은 유적지처럼, "파도에 부서지고 물벽에 멍들어
도/ 나에게도 '도대' 같은 그런 사랑 있었으면/ 백
년을 기다려 주는 그런 사랑 하고 싶다"라는 시인
의 바람이 도댓불처럼, 오래 남는 유적처럼, 시의
현장을 지키는 불빛으로 더욱 뻗어 나가길 기대해
본다.